慎と慈恵

人の世に植える花。

禅修
ZEN-SYUU

文芸社

目次

はじめに

それは福井の山深い禅寺でのこと。

今まさに剃髪《ていはつ》を終え、得度の時を待つ青年が一人。

俗名を佐々木慎、法名を春覚慈恵《しゅんかくじけい》。

そもそも慈恵は俗世で警察官という職にあり、様々な経験、事件、事故との出会いの中で、己をすり減らし、「生きる」ということ、「死ぬ」ということの無常を目の当たりにし、悩み苦しみ、人の世の醜さ、辛さから逃れたくて出家の道を選んだ。

そこにはどんな苦しみがあったのだろう。

何が慈恵を出家へと導いたのだろう。

そして、その先の人生を変えたものとは？

《人として警察官として出動の記》

第一話　苦しみの中の絆

昭和六十年四月、佐々木慎は都内の私立大学を卒業し、首都東京の治安を守る警視庁警察官となった。

慎は、もともと学生時代は体育会空手道部に籍をおき、体力、腕力にもそこそこの自信を持っていた。

先輩、後輩という厳しい環境での寮生活も経験していた慎は、「厳しい」と先輩から聞いていた警察社会へも順応することは容易であると半ば高をくくっていた。

ところが警察学校入校の初日からその予想は見事に覆される。

入居した居室は、陸軍中野学校当時に建設された古めかしい建物で、十二畳ほどの部屋に二段ベッドが四つ。暖房はあるが冷房はない。

この空間に男八人が実に八カ月間の生活を共にするというのだ。

布団の畳み方から細かく決められていた。

毎日シーツは剥がす。ベッドの上の薄いマットレスの上にまず掛け布団を四つ折りにし、折り目山側を右側に揃える。その上に毛布を八つ折りにして、やはり折り目山側を右側に揃える。その上にシーツを八つ折りにし、毛布と同じ要領で揃えて置く。その上に枕を、やはり右側端合わせで置く。

しかも一切しわがあってはならない。掛け布団もシーツも、何度もこするように撫でてしわを伸ばす。

居室入り口脇の下駄箱にある靴は全部で五種類。普段履きの校内靴、制服着用時の革靴、警備訓練、教練時に履く革の編上靴《へんじょうか》、体育館履き、運動用のスニーカー。

革靴はすべて毎日ピカピカに磨く。もちろん、靴の底まで墨を付けて磨き上げる。泥や埃なんぞは禁物だ。

起床は六時、それより遅くても早すぎてもいけない。

起床後、十分で着替えと洗顔、トイレを済ませ、点呼に出るため寮前に整列。同教場生六十人が一人も欠けることなく揃ってから警察学校のシンボルである広場まで駆け足で行き、所定の場所に整列して点呼を受ける。

三列横体で整列し、番号を大声で叫ぶ。声が小さかったり、リズムが悪かったらやり直し。

そんなこんなで朝の点検が終わると、来た要領で寮へ戻る。

この点呼の間に行われているのが鬼の寮務教官による居室点検だ。これは本当に参る。えぐいまでの細かさ。

布団の畳み方、居室の床の光り具合から、それこそドアノブの指紋まで見られる。

ダメなら全部ひっくり返される。ひどい時は窓から布団を捨てられることすらあった。

そんなことが一人でもあれば連帯責任。担当教官に全員呼び出され、寮前に一列横体。端からグーパンチ。その後、腕立てふせ三百回。

こんなことが毎日起こる。


毎日二十キロを走る。

それでも軽装の時は楽だ。ヘルメット、腹当て、背当て、小手、拳銃、警棒、大盾という完装での二十キロ走はさすがにこたえる。

しかも歩調を合わせ、一糸乱れぬ駆け足行軍だから、当然ついていけない者が出てくる。ついていけない者は教官に呼び出され、退職帰宅を迫られる。

ましてや、慎の担当教官は成田空港の管制塔を中核派から奪還した機動隊レンジャーの英雄だから厳しさも半端なものじゃなかった。

その訓練後は、柔道、剣道、空手、レスリングなどで学生時代から鍛え上げられてきた猛者たちも寮の階段を這うようにして上るというありさまだった。

何せその年の箱根駅伝を走り、区間賞をとったやつでさえ、「キツイ」と泣いた。

初めは六十人いた仲間も十日で十人、それからまた十人が去って、結局卒業できたのは四十人だった。

八カ月間を寝食、苦楽を共にしてきた同期生の絆は家族のように固く、それはそこまでのどんな学校生活にも勝る自信と逞しさを与えてくれた。

第二話　投石と火炎瓶と放水

警察学校を卒業したばかりの慎は、特別機動隊員として、成田空港二期工事最終局面の混乱の中にいた。

成田駅前でのデモ規制。力と力がぶつかる。デモ隊数百人と機動隊員数百人のぶつかり合いは物すごい力を生む。先頭の隊員の足は完全に宙に浮いている。

盾に当たるデモ隊の短管鉄パイプの「バカーン」という音と、間近で火柱を上げる火炎瓶の爆発音とガソリンの臭い。

消火と制圧のための味方の特殊放水車の重水圧放水は骨まで染みる。現場は混乱を極める。

突然出る「検挙前へ！」の中隊長命令。前に出ると、横へ後ろへと回り込むデモ隊。あっという間に取り囲まれた。

「孤立した」

そう感じた瞬間、鉄パイプが四方八方から襲ってくる。「ズーン」という重い衝撃が頭のてっぺんから背骨へと走る。ヘルメットが割れて顔面に血が湧き、滴り落ちてくる。

すかさず背中を襷掛けにやられる。痛いとかじゃない、とにかく重い衝撃が体中に走る。

気が遠くなってくる。気を確かに持とうと、警棒を振り上げ、「ウォー」と雄たけびを上げた瞬間、今度は首にもらった。

暗幕が落ちるように意識が飛ぶ。

目が覚めたのは五日後のＩＣＵだった。

慎はこの時の「音」「臭い」「衝撃」「頭から噴き出してくる血が口に流れ込んだ時の鉄のような独特の味」、そして次々に襲いかかってくるデモ隊の鬼のような形相を一生涯忘れることはなかった。

第三話　正面衝突

夜の交番勤務。自転車でパトロールに出る。

国道の歩道を走って駅の方向から来る不審な自転車に職質。そんなことをしていた午前一時四十分ころ、突然受令機のコールが鳴る。

「北多摩管内、交通人身事故。タクシーとバイクの正面衝突、詳細不明」

近かった。

現場は大きな電器メーカーの工場の横を走る真っすぐな一本道。なんか嫌な予感がした。

金曜日の夜、パトカーはすべて別件扱い中。慎は自転車を現場に向けた。

五分ほどで現場付近に着いた。未だ救急車も他の警察官も着いていない。現場付近の一本道を百メートルほど走ると、黒いタクシーが工場の外柵に突っ込んで止まっていた。

するとその横に初老のドライバーが首を押さえて立っていた。

慎はドライバーに駆け寄って、

「大丈夫ですか？　状況は？」

と聞いた。

するとタクシードライバーは震えるような声で話し始めた。

「俺が駅の方から走ってきたら、突然反対側から走って来たバイクが突っ込んできて、気がついたら柵に衝突して止まっていた」

「相手の方は、バイクはどこですか？」

慎がそう聞くとドライバーは、

「わからんよ、突然突っ込んできて消えた」

そう答えた。

慎はタクシーの後方へ行き、バイクと運転していた人を探す。

とにかく人通りも少なく、街路灯もまばらなこの道は暗く、道路脇は懐中電灯を照らさないとよく見えない状況だった。

それでも目をこらして現場を検索すると、タクシーの後方三十メートルくらいの道路脇の植え込みに赤い原付バイクが突き刺さっているのを発見した。

しかし、そのそばには運転者はいない。さらに検索。未だ救急車も応援も来ない中、慎はなんとも不可解な深夜の事故現場を一人駆け回っていた。

すると、バイクとは反対側の道路脇の蓋が外れている側溝の中に横たわる、中年の女性らしい人を発見した。

「大丈夫ですか?」

慎の呼びかけにピクリともしない女性。

慎は無線で本署へ報告を入れる。

「先ほどの交通人身事故の件、現場で調査中。状況は原付バイクとタクシーの正面衝突。タクシーのドライバーにあっては一見軽傷なるも、バイクの運転者にあっては道路脇の側溝に転落、怪我の状況確認できず、何度も呼びかけるが反応なし、救急車及び交通専員、応援を至急願いたい」

慎はそう告げると再びバイクの女性に呼びかけるが応答がない。

なんとか道路に這いつくばるように手を伸ばすと女性の頭に触れた。ヘルメットをかぶってはいるが、それはつぶれるようにひしゃげていた。

懐中電灯を当てると慎は思わず声を上げた。

そもそも慎がこの運転者を女性と判断したのは衣服などからで、顔を見たり、全身を見ての判断ではなかった。ところが慎の懐中電灯に照らされた女性と思われる人の顔は、完全につぶれていて、男女の判断も付けられないほどであり、状況から見ても既に死亡状態と思われた。

救急車のサイレンが聞こえた。

慎は立ち上がって救急車に手を振って位置を指示する。救急隊と協力して側溝に落ちた女性を引き上げる。

側溝は深さ一メートルほどあり、男三人がかりでも女性を引き上げるのは容易ではなかったが、十分ほどかかって女性を引き上げ、救急隊のストレッチャーに乗せた。

救急隊員の所見では心肺停止、脈拍ゼロ状態であったが、わずかな可能性にかけて救急隊による蘇生行為が始まった。

そこへ警察の応援部隊が着いた。タクシー運転手からの事情聴取、交通専務員による実況見分が始まる。

現場は規制線が引かれ、通行止めとなる。

慎はバイクの女性に付き添って救急車で病院へと向かうことになった。救急車の中では救急隊が必死に心肺蘇生を行うが、いっこうに反応がない。ピクリとも動かない女性は頭部、顔面から激しい出血、腹部にも穴が空いていて、そこから内臓の一部が出ているという状況だった。

搬送先の病院は多摩地区でも一、二の規模の大学病院で、優秀な救命チームがいる病院だった。救急車は病院に到着し、バイクの女性は救命処置室に運ばれていった。

慎は待合所で待つように言われ、処置室前の待合所で待っていた。本署からの連絡で、女性の身元が判明した。

四十六歳、会社員。二十一歳の娘と同居。娘には連絡をとっているが未だ連絡がつかない状況だった。

それから三十分ほど経って娘の居所が判明した。娘はコンビニに弁当を卸す工場で働いており、今日も夜勤だった。娘は埼玉の工場からこちらへ向かったということだった。

その後、また一時間くらい経過した午前四時を少し回ったころ、処置室の担当医師に中に入るように言われ、慎は処置室の中に入った。

処置室の中は、医療チームの懸命な蘇生処置がうかがえるような雑然とした状況で、血だらけのガーゼや脱脂綿やらが散乱していた。

慎に医師からの説明がある。

「搬送時には既に心肺停止状態で検査の結果、脳内にも大きな出血、内臓も破裂している状況で、ほとんど即死状態でしょう。懸命に蘇生を行いましたが脈も心臓の細動もなく、午前三時四十七分、死亡と判定しました。警察の方も死亡確認をお願いします」

重い重い言葉が慎にのしかかる。

二十三歳の慎は、警察学校を卒業してまだ半年の新人警察官。とにかく警察官としての経験もなければ、人間としての心の引き出しさえ少なすぎた。

しかし慎はなんとか平静を保ち、警察官としての役目に従って死亡確認立会人の欄に職名を入れ、署名押印した。

「警視庁北多摩警察署司法巡査、佐々木慎」

なんだか頭が真っ白になった。

そんな状況の中、本署に無線を入れる。

「佐々木から北多摩。先ほどの事故の女性にあっては午前三時四十七分、担当医師により死亡判定。本職立会。どうぞ」

無線通話を終えて何気なく自分を振り返ると足がわなわなと震え、指先にも震えが走っていた。

そこへ亡くなった女性の娘らしい若い女性が飛び込んできた。

「娘さんですか？」

慎が尋ねると若い女性は小さくうなずいた。そして慎は処置室に駆け寄ろうとした娘を止めた。

遺体の損傷状況もひどく、このまま対面させるのはあまりに酷な状況。ここは娘を落ち着かせて、事故の状況を説明して、そうしている間にご遺体の処置を対面可能な状況にしてもらうことにした。

慎はその旨を看護師に告げ、娘を椅子に座らせ、カップの温かいコーヒーを買ってきて女性に渡した。そして事故の状況をゆっくりと話し始めた。そして突然訪れた母親の死を告げた。

娘は明らかに動揺していたが、無理やり平静を装い、慎にこう言った。

「このたびは母がお世話になり、ありがとうございました。今日、母は会社の歓送迎会があり、遅くまで会社の人といたようです。お酒飲んで運転しないでって言ったのに……」

その後、慎は娘に付き添って変わり果てた母との対面に立ち会った。

ご遺体は一時警察署に引き取り、見分が行われる。娘はこの事態を自分が解決するしかないという覚悟からか、気丈にふるまっていたが、このまま娘を一人で帰宅させるのもしのびなく思い、送りのためのパトカーを要請した。

十分ほどでパトカーが着いて、乗務員の先輩警察官たちが慎の肩を叩いた。

「一人でよく頑張ったな。今夜は事故や事件が多くて、みんな大忙しで応援に来てやれなくてごめんな」

慎は先輩の一言で安心を取り戻した気がした。一瞬、二十三歳の普通の若者に戻って、先輩にしがみついて泣きたい心境になった。そんな慎の心境を察して、先輩が慎に元気な声で言う。

「さあ、娘さんをお家までお送りしなきゃな」

慎はその言葉に崩れかけた心を取り直して、娘の肩に手を添えながらパトカーに乗り込んだ。

病院の駐車場には、警察無線を傍受した葬儀社の黒いワゴン車が止まっていた。

第四話　人知れず消えた命

第一当番の朝、いつものように慎は本署での朝礼を終えて、自転車で担当の派出所へ向かった。十分ほど自転車を走らせ、担当の派出所へ着いた。

多摩川にかかる橋の近くの小さな派出所で、普段は大きな事件などない、静かなところだった。

前日からの泊まりの勤務員と交代を済ませると、慎は勤務表に自分ともう一人の勤務員である上司の名前を書き込み、押印した。

これで第一当番勤務の始まりだ。

勤務表に押印して立ち上がるとすぐに、肩に着けた共鳴管からピーピーとセレコール（一一〇番指令を知らせる信号音）が鳴った。

慎はなんだか嫌な予感にとらわれながら、共鳴管からイヤホンを抜き、耳に差し込んだ。

「警視庁から各局、北多摩管内は調査方。

北河原町四丁目十番二号内海荘アパート大家さん、滝口男性から入電。

状況、通報者経営のアパートの一階の部屋から異臭がする。吐き気をもよおすほどの悪臭がするので警察官立会いを求めたいとのこと。

北多摩のカーで現場近い移動ありますか？　現場向かえる移動ありますか？

応答なし。

それではPB員（派出所勤務員）は現場にて調査願いたい」

慎の派出所の担当管内のアパートだった。しかもパトカーは扱い中で来ない。

イヤな予感は見事に的中した。

慎は無線で本署へ連絡。

「佐々木から北多摩PS。只今の一一〇番指令、現場へ向かいます」

慎は急いで自転車にまたがり、現場へ向かった。

五分ほどで現場アパートに着いた。現場に着くと、通報者が慎を迎えてこう言った。

「お巡りさんご苦労様です。私が通報した大家なんですが、このアパートの一階の一号室なんですが、以前からなんだか変な臭いがして、近所からも苦情をいただいてるんですが……」

慎は大家に質問した。

「ここにはどなたか住んでらっしゃるんですか？」

居住者の名前、留守なのか否かなどを一通り聴取した。

大家の話では、この部屋には初老の男性が一人暮らしをしているらしく、最近はあまり見かけない。今朝もドアを何度も叩いたり、声をかけたりしたが、返答はなかったという。

大家はさらに慎に訴える。

「お巡りさん。中で大変なことになってるんじゃないんでしょうか？　死んじゃってるとか？　一緒に中を見てもらえませんか？」
そう言ってこの部屋の合い鍵を持ってきた。
慎は少し考えたが、大家の言う通り、部屋の中を大家と一緒に見ることにした。
大家が合い鍵を差し込んでドアを開けた。
部屋の入り口は板張りの引き戸になっていた。
「お巡りさん、お願いします」
大家に促され、慎は引き戸に手をかける。
念のためひと声かけた。この部屋に住む住人の名だ。
「中田さん、中田さん。いませんか？　すいません、開けますよ」
慎はそう言って引き戸を引いた。
最初は十センチほど、そこから勢いよく全開にした。
と、その瞬間、引き戸の上から何かが崩れ落ちた。
何がなんだかわからないうちに、物すごい臭いが襲ってきた。それは慎が今までの人生でおそらく体験したことのないレベルの臭いだった。
すぐ後ろにいた大家はすごい勢いで走って逃げてしまった。
本能的に危険を感じるほどの悪臭、それになぜか目に染みてきて涙が出る。
慎は一瞬怯んだが、ここは行かなきゃって気持ちで中へ入った。
その瞬間、慎の脳に直接何かが訴える。
「誰か死んでる！」
根拠はない。根拠はないが、この異常な臭いと涙がそう訴える。
次の瞬間、慎は胃袋から何かが上がってきて、もうそれを止められないことを悟った。
急いで外に出て、道路脇の側溝のところにしゃがみ込んで、思い切り嘔吐した。
その後、息を深く吸った。
慎は思った。
「何だろうと、ここで引き下がることはできない。部屋の中を調べなければ本署に報告もできない。だが、あの物すごい臭いは何なんだ？」

慎は「オシ！」と気合を入れて現場に戻った。

何も考えずに中へ入った。

すると、さっき引き戸の上からドサッと落ちてきたものが床の上でもそもそと動いている。よく見ると　それは無数のウジ虫だった。

慎は一瞬声を出しそうになったが、力を振り絞って、さらに中へ入ってゆく。入ってすぐには小さな流し台があり、その向こうは六畳ほどの部屋が一つの間取りだ。

慎はなんとかそこまで把握して、ボロボロと涙と鼻水を流しながら中へ入ってゆく。

すると部屋の真ん中に布団が敷いてあった。布団の周りも部屋の中もウジ虫だらけで、無数の蠅がぶんぶんと飛んでいる。

慎は布団に近づいて、よく見ると枕の上に、茶褐色になった骸骨のようなものに髪の毛が付いた遺体の頭部を発見した。

そこまで。

本当にそこまでが限界だった。

一瞬、布団を剥がしてみることも考えたが、今の慎にはここがギリギリだった。

慎は急いで外に出て、無線で本署に状況を報告した。

「佐々木からPS。先ほどの調査方、現場アパート、大家さんの立会いのもと、一階一号室の室内を調査したところ、部屋の中央に死後かなり経過したと思われる腐敗状態の遺体を発見。事件性の有無は不明なるも、至急捜査専務員の応援派遣願いたい」

慎は報告と捜査専務員の応援を依頼して、現場に戻り、現場の封印と保存をし、応援の到着を待った。

十五分くらいで捜査員と鑑識係が到着した。

到着した捜査員に慎は一通り説明して、事件を引き継いだ。鑑識係は手慣れた様子で、持ってきた線香を大量に焚いた。後で聞いた話だが、線香は死臭を和らげるらしい。

　捜査員が改めて室内を検索すると、枕もとに病院から処方された薬袋と、診察券が発見され、診察券の病院によると、この部屋の住人は六十代の男性で、長年肝臓を病んでおり、病院では入院を勧めたが、本人がそれを拒んでおり、最近では通院も見られなくなったとのことだった。

　この部屋に住んでいた中田という男性は、三十代のころ、秋田から出稼ぎで上京し、土木作業員などをして各地を転々とし、十年前くらいからこの部屋に住んでいたらしい。

　既に故郷にも身よりはなく、遺体の引き取り手もない。行政の手により火葬埋葬となった。

　慎は事件を終えて考えた。

　あの人はあのアパートでたった一人、いったい何を思って亡くなっていったのだろうか？　具合が悪くなり、とうとう動けなくなって、そのまま人知れず亡くなったことを思うと、いたたまれない悲しさが襲ってくる。

寂しかったのだろう。

痛かったのだろう。

きっと誰かに会いたかったに違いない。

死後、自分の命の痕跡を臭いでしか訴えられなかった辛さだけが慎の胸にどっしりとのしかかって、振り払っても、振り払っても、その思いから逃れられず、眠れぬ夜を過ごしていた。

するとそんなある日、あの時、現場に来てくれた鑑識係の長さん（巡査部長）が慎に声をかけてくれた。

「ショックだったよな。初めてか？　ああいうの……。あの姿、状態はだんだん忘れるんだよ。でもな、臭いと、亡くなった人の想いみたいなもんは忘れられねえんだよ。俺なんか、もう何百件も仏さん扱ってるけど、未だにそうだよ。

でもな、俺、思うんだよ。亡くなった人のこと、忘れない人間がいるってことが供養なのかなあってな。そんで、あの日、お前があの人を見つけてあげたってことが大きな供養なんだよ。だって、誰にも見つからず、誰の感情も動かさず、人知れず亡くなっていくなんて、哀れでたまんないだろう。死んでも、あの人はお前の感情を動かし、そのことがきっと弔いになって、天国に行くことができるんだと思うよ。

けど俺たちゃたまんねえよな。でもな、俺たちがそんな声を聞いてあげなきゃ誰も聞いてやれないじゃん。だからいいんだ」

慎は長さんの言葉が耳から入って、体中に染み渡るのを感じていた。

「誰かがやらなきゃならない。誰かがやらなきゃならないことなら俺がやろう！　これが現実だよ、世の中の裏側をさらっていくのが自分の仕事。奇麗ごとばかりじゃねえよ！　そんなの当たりめえだよ！　けど誰かがやんなきゃ。誰かがやんなきゃならないんなら……。俺がやる！」

慎は自分が選んだ警察官という生き方の意味を初めて認識したような想いで、心が熱くなった。

第五話　寒い夜に産み落とされて

警察学校を出て二年目の冬の寒い夜だった。

慎のいる交番は多摩川の橋詰めにある、本署からは遠く離れた場所にあった。深夜一時を回ったころ、慎はいつものように自転車に乗ってパトロールに出た。すぐに堤のサイクリングロードに出て、三〇〇メートルほど走る。

川風が体を芯から冷やす。それでもこの辺りには深夜に少年が溜まってシンナーの吸引をしている情報があったので、時折自転車を止めては河原を検索した。この日はたまたま空振りで、鯉の夜釣りを楽しんでいる人くらいしかいなかった。

慎は堤のサイクリングロードを離れ、ビール工場の方へと向かった。すると路地からノーヘル二人乗りの原付が飛び出してきた。

「止まれ」と叫んだが、逃げる逃げる。

必死に追いかけるが、五〇CCのエンジンパワーには人間の脚力ではかなわない。

慎はあきらめて、彼らが立ち寄りそうな場所へ行ってみることにした。そこは河原に近い大きな運動公園で、以前から暴走族や不良少年の溜まり場となっていた。

公園の入り口まで来た。今度こそ逃がすもんか！　という気で、周囲に目を配り、少し入ったところで自転車を降りて歩きだした。

もしやつらがいたら、忍び足で近づいて捕まえてやろうという作戦だった。

公園の中へ進んでいったが、やつらに気付かれないように懐中電灯は点けずに薄暗い公園を歩いた。

中に入って二〇〇メートルほど行くと古く汚いトイレがある。一応、中を点検しようとトイレに近づいたその瞬間、

「ミー、ミー……」

猫の鳴くような音が聞こえる。

慎は子猫でもいるのかと考えながらさらに近づく。

初めに男性トイレに入る。懐中電灯を点けてゆっくりと入る。

個室が一つと小便器が二つという狭いトイレは古く、掃除があまりされていないようでなんとも言えない臭いを放っていた。

男性トイレの点検を終え、出ようとした時、またあの泣き声。どうやら女性トイレの方から聞こえてきているようだ。

慎は男性トイレの反対側に入り口がある女性トイレへと向かう。

入り口まで行くとまたあの泣き声。

「ミー、ミー」

とにかく中に入ってみよう。

個室が二つあるだけの狭いトイレ、壁や個室の扉には落書きがたくさんある。

懐中電灯で下を照らすと何やらどす黒い液体がこぼれている。臭いからするとどうやら血液らしい。それもかなり大量にそこにこぼれていた。

とにかく全部見よう。

慎は手前の個室を開けた。

恐る恐る懐中電灯を当てるとそこには何もなく、ただ薄汚れた和便器があるだけだった。

その時、隣の個室からまたあの泣き声が聞こえた。慎はすぐに隣の奥の個室の扉を照らす。

するとドアノブとその周りに、人の指でこすりつけたような血痕を発見した。

一瞬にして飛び上がるような恐怖に包まれる。

勇気を出してドアノブをティッシュで巻き、それをひねって扉を開けた。

するとまた「ミー」という泣き声。

慎は泣き声の出所の和便器に向けてライトを当てた。

全部が血だらけだった。

そしてその血の溜まった便器の中で、ちょうど掌二つ分くらいの黒いかたまりがわずかに動いた。

猫か？　なんだ？

慎はさらにライトを当て、その物体に目を近づけてみる。

猫なんかじゃない。そこにいたのは紛れもなく産み落とされたばかりの人間の赤ん坊だった。

慎はうろたえた。手足がわなわな震える。

無線で報告……。そう考えた慎だったが、すぐにもう一つの思いが湧き上がった。

「こんなに寒い中、この子は水に浸かっている。このままじゃ死ぬ。なんとしても助けなきゃ。報告はそれからだ」

そう決心して慎は着ていた防寒ジャンパーを脱いで床に敷いた。

帽子を手洗い場の上に置き、両腕をまくって便器に手を入れた。赤ん坊の背中に両手を回し、抱え込むように便器からすくい出した。

敷いてあったジャンパーの上に赤ん坊を置き、できるだけ厚く巻くようにして赤ん坊をしっかりと抱いて、公園の入り口を目指して走り出した。

公園の入り口まで来て大息を切る。

何しろ約三〇〇メートルを全力疾走、それも緊張と不安と血だらけの赤ん坊を抱いて冬の冷たい空気を吸い込んでだ。

公園の入り口にあったベンチにひとまず腰を掛けた。

「落ち着け、落ち着けよ」

慎は声を出して自分を落ち着かせる。

やらなきゃならないことの順番を決める。

まず、無線で本署に連絡して応援と救急車を要請する。そのあとのことは、それから考えりゃいい。

気付くと赤ん坊は衰弱してきたのか、泣かなくなっている。

「頑張れ！　頑張れ！　死んじゃダメだよ！　せっかく生まれてきたんじゃん」

必死で呼びかける。

無線のプレストークを押す。

「佐々木から北多摩ＰＳ……」

応答がない。

「至急至急、佐々木から北多摩」

「北多摩です至急報、佐々木ＰＭどうぞ」

本署が応答した。

「リバーサイドパーク内を警ら中、生まれたばかりの赤ん坊を保護、至急救急車の要請と応援を願いたい」

するど本署から、

「現在、北多摩管内は死亡ひき逃げ事件、放火と思われる火災、強盗容疑事件など、事案が多発のため、応援に向かえる車両、人員は不明。佐々木ＰＭにあっては現場で救急車の到着を待て」

慎はすかさず切り返した。

「待てません。どんどん衰弱してます。この寒さの中、水に浸かってたんですよ！」

言葉を荒らげる慎。

「とにかく現状で赤ん坊の保護に全力を尽くし、救急車の到着を待て。以上」

本署からの無線はそう告げて通話を打ち切った。

「何言ってんだよ。何が以上だよバカ野郎！」

慎の怒号が真夜中の公園に響いた。

慎は冷静になろうと心を鎮めた。

ふと考える。

「ひき逃げ、火事、事件。管内では同時多発に事件が発生している。きっと忙しいのは警察だけじゃない。消防も救急も大忙し。つまり救急車もない状況なんだ」

慎は置かれている厳しい状況を理解した。

赤ん坊は時折むせるように苦しく息をする。そしてそれも途切れ途切れになる。

「ダメだよ！　息をして！　息をしろ！」

赤ん坊をゆすりながら必死で声をかける。

もっと温かく、温かくな。

そう思った慎は抱いていた赤ん坊を一旦横に置き、拳銃や手錠や警棒が着いた帯革を外し、拳銃のひもを外してそれをベンチの下に隠すように置き、制服を脱いだ。

脱いだ制服を赤ん坊を巻いたジャンパーの上から巻き付けると、自分は下着とワイシャツを二枚を着ているだけになってしまった。

冬の川風が容赦なく吹き付ける。

赤ん坊を見ると小さくピクピクと痙攣しているように見えた。

「大丈夫、大丈夫だよ。俺が助けてあげるから……もう少し頑張って」

慎が赤ん坊に向かって叫ぶ。

そんな時、ビール工場の方向から赤色灯を点けた一台のパトカーが向かってきた。慎は赤ん坊を抱いて必死で飛び出す。

パトカーは驚いたように急停車して、窓を開けて乗務員が怒鳴る。

「危ないじゃないか！　急に飛び出してきて！」

そう怒鳴った乗務員が慎の異様な風体を見て、またビックリ。

「どうしたんですか？」

そう聞いた窓の下にはなんと「神奈川県警察」とペイントされている。慎は一瞬迷ったが、もう後へは引けない。

「か、神奈川さんですか。警視庁北多摩署の佐々木と申します。この公園で赤ん坊を保護したんですが、当署管内は事件多発のため、応援派遣が困難で、それで……」

そう言いながら声を嗄らして泣きじゃくる慎を見て、神奈川の警察官は状況を察した。

「ちょうど俺たちもお宅の管内のひき逃げ事件の関連情報持って北多摩署へ行ってきた帰りなんだよ。事情はわかったからとりあえず早く乗りなさい」

そう言ってくれたパトカーの後部座席の上に赤ん坊を置くと、

「ちょっと待ってください。大事なもの持ってきます」

そう言いながら慎はさっきまで座っていたベンチの下から、外した拳銃やらなんやらが付いた帯革を丸めて取り出し、小脇に抱えてパトカーに乗り込んだ。

「この子ヤバいんです。どこか病院へ連れて行ってください」

慎がそう言うと、神奈川の警察官は機関系無線でこう告げた。

「警視庁北多摩署管内へ特務出向中のところ、同署のＰＭ、佐々木ＰＭが赤ん坊を保護しているのを発見。同署は事件多発のため扱いできず。よって当ＰＣに同乗、救急病院へ搬送する」

パトカーは緊急走行で十五分ほど走って、町田市と川崎市の境に位置する大学付属病院に着いた。

病院の救急搬送口に着くと、慎は赤ん坊を抱いて走った。救命ステーションに入り、医師に状況を説明して赤ん坊を引き渡す。

ぐったりと椅子にへたり込む慎。そこへ先ほどの神奈川の人たちが慎の拳銃やらを持って追いついた。

「ほれ、これ大事なやつ。そんじゃあ俺たち、これで原隊復帰します」

そう言って帰っていく神奈川県警の警察官たちに慎は掌を合わせて泣きながら言った。

「ありがとうございました。助かりました」

神奈川の一人が振り返って言った。

「あんた、すごいよ。よく頑張ったよ。さすが、警視庁警察官だね。負けたよ。赤ん坊、助かるといいね」

そう言いながら、しっかりと敬礼して去っていった。

赤ん坊は危険な状態ではあったが、医師たちの懸命な処置で、なんとか命をとりとめることができた。

喜びにひたっている慎。

そこへ慎の担当係長がすごい顔をしてやってきた。

慎の顔を見るなり、こう怒鳴りつける。

「お前、何をやってるんだ！　命令は現場で救急車を待て、だったはずだろう。なのになんでこんな勝手な真似をしたんだ。神奈川県警の手を借りて、管外のこんな病院に搬送するなんて、うちの署だけの問題じゃない！　既に方面本部事案になってるぞ。お前のおかげで俺までお呼び出しだよ。まったくえらいことしやがった」

係長は頭から湯気が出んばかりに慎を叱りまくった。

すると慎は悪びれもせず、係長にこう切り返した。

「もう一刻の猶予もなかった。赤ん坊は俺の腕の中でどんどんぐったりしていく。応援も救急車も来ない。もうどうしようもなかった。

そこにあの神奈川のパトカーが通りかかってくれて、乗せてくれたんです。おかげさまで赤ん坊は死なずに済んだ。

警視庁の面子ってなんすか？　意地はって子供が死んでも、あそこで待ってろってことですか？　名誉を守った警視庁巡査は、死んだ赤ん坊を抱いて、よくやったって褒められるんですか？　たぶんあの神奈川さんたちも上から怒られてるんだろうけど、俺たちは何も悪いことしてませんよ。

神奈川県警も警視庁もなく、警察官として、チーム警察としてあの子を助けたんです。それが悪いって言うんなら、そんな警察なんていつでも辞めますよ」

慎は言い切った。

係長は憤懣やる方無きといった表情で床を蹴り、「知らん」と吐き捨てて、その場を去った。

全身血まみれ、泥だらけの慎は、去ってゆく係長の背中に心で石を投げた。

夜勤明けのロッカールーム。

「たぶんクビだろうな～」

そんなことを思いながらロッカーの荷物整理をしていた慎のもとに、思いがけない知らせが飛び込んできた。

方面本部長、神奈川県警本部長からの表彰があるという。警視庁佐々木慎巡査と神奈川の二人に贈られた賞はなんと、行政の垣根を越え、臨機応変な対応で瀕死の乳児の生命を救ったというものだった。

「やっぱわかる人にはわかるんだな！」

慎はそんなことを思いながら、小さくガッツポーズを決めた。

第六話　鬼畜

警察官となった慎も四年目の春を迎え、念願だったパトカー乗務員となっていた。

この四年間、慎の目には何が映ったのだろう。そして、その心には何が刻まれたのだろう。

もちろん、イヤなことばかりではなかった。

強盗犯人を検挙して刑事部長賞をもらったり、迷子になった外国大使の子供を保護して、外務省から感謝状を受けたこともあった。

ところが、この仕事は相変わらず人の生き死に対面することが多い。慎はそのたびに心を痛め、冥福を祈り、残された家族の幸せを祈った。

そんな中、慎の警察人生の中でも本当に辛い事件が発生した。それは一本の一一〇番指令から始まった。

「警視庁から各局、北多摩管内は親子のゴタ（ゴタゴタの意味）。娘を訪ねて来た母親が玄関先で大声で娘と口論、暴力等も見られる。直ちに現状に向かい、調査せよ」

慎はパトカーを現場に向けた。

「なんだよ、親子喧嘩か……」

慎はそんなことを思いながら、やがて現場に到着した。

警察は基本的に民事不介入という立場なので、そこに暴力などの事件性がなければ両者をなだめて落ち着かせることしかない。

現場に着くと、何やらマンションの一室の玄関先で女性同士が激しく口論している。

中年の母親と、二十代半ばの娘である。とりわけ母親の方が激しく興奮して涙を浮かべていた。

こういう時はまず、二人を引き離して別々に話を聞くことが大切。

慎は同乗していた後輩に娘を任せ、家の中で事情を聴くように指示、自分は母親をパトカーに乗せて話を聞くことにした。

「お母さん、落ち着いてお話ししましょう」

慎はゆっくりと穏やかな口調で母親を落ち着かせて話を聞き始めた。母親は少し平静を取り戻して話し始める。

「娘には三歳の女の子がいるんですが、そこへ半年くらい前に若い男が転がり込んで来て、娘といい仲になったらしいんです。ところがこの男はどうも暴力団の人間らしく、働かないし、娘に金をせびっては競艇場通い、おまけに酒を飲んで暴力をふるうという始末で、孫にまで暴力をふるってるみたいで、一カ月くらい前に孫に会った時に孫の体をよく見たらアザがたくさんあって。

しばらく顔を見せない孫が心配になって娘を訪ねると、なんだか娘の様子がおかしい。孫に会わせろと言うと、しどろもどろなんで、心配になって孫に会わせろ、中に入れなさいって言ったらすごい勢いで止めるんです。

ねえ、お巡りさん、私、孫が心配なんです。孫はどうしてるんでしょう？　どこにいるんでしょう？　捜してもらえないでしょうか？」

そう訴える母親の悲痛なまでの願いを聞き、慎は部屋で事情を聴いている後輩に無線で指示をする。

「その部屋に三歳くらいの女の子はいないか？　娘に聴取して子供の居所を聞き出せ」

しばらくして後輩から無線が入る。

娘は子供のことを尋ねると突然泣きだして何も言わず、困っているという。

慎は母を連れて部屋へ戻る。

この時、慎はなんとも言えない胸騒ぎとイヤな予感がしたことをはっきり憶えている。

部屋に着くと、娘は狂ったように泣きながら訳のわからないことを叫んでいる。

慎は娘の背中を優しくトントンと叩きながら帽子を脱いで、その場に胡坐をかいて落ち着いて穏やかに語りかける。

「お母さんはあなたとお孫さんのことを心配してます。あなたの三歳の娘さん、お母さんのお孫さんはどこにいるの？」

するとした娘は震えるように話しだす。

「あ、あの、あの、娘はどっか行っちゃったみたいで、あの……」

「いつ頃いなくなっちゃったの？」

慎は優しく穏やかに問いかける。すると娘は突然立ち上がり、テーブルの上にあった車の鍵を慎に差し出した。

「車の中にいるの？」

慎が冷静に聞きただす。

娘は無表情で、目だけを見開くようにして小さくうなずいた。

慎は親子を部屋の中に座らせ、目を離さないように後輩に指示すると、娘から受け取った鍵を握り締め、落ち着いてパトカーに戻る。

車載の機関系無線を握り、

「北多摩2から北多摩。先ほどの親子喧嘩の件、聴取の結果、幼児の行方不明事件が発覚、事件性濃厚のため、捜査専務員、鑑識係員、幹部の臨場を要請する」

十分くらいで要請した部隊が続々と到着した。

慎は刑事係長に事情を説明し、早速車の中の検索を始めることにする。刑事がマンションの部屋から娘を連れて来た。車への案内と検索の立会いのためだった。

マンションの前の駐車場にその車はあった。

慎は娘から受け取った車の鍵を鑑識係に手渡した。車の前まで行くと、娘はトランクを指さした。そこにいた全員にイヤな予感が走る。

鑑識係の責任者が現場保護のために付近を覆い隠すよう指示。あっという間に車はブルーのシートの壁で覆われた。

鑑識係員がトランクを開ける。開けた瞬間、のけぞる。激しいアンモニア臭が辺りに漂う。

鑑識係はすぐに持ってきた線香を焚いて臭いを消す。

トランクの中から大きなスポーツバッグが出される。そしてその中から発見されたのはかわいい花柄のパジャマを着て、髪の毛を二つ縛りにした女の子のご遺体だった。

死後、かなりの時間が経っていたようで、体は腐敗がひどく、無数のウジがすくっていた。慎はそんなご遺体に手を合わせて泣いた。

まだ小さな、こんなに小さな女の子が、なぜこんな惨いことになったのだろう。

そんな思いと、理不尽に命を奪われたことへの怒りが爆発しそうになる。

とめどなく流れ出す涙、怒りと悔しさで震える拳。

そんな慎を見て捜査課長が一括した。

「泣いてる場合じゃない！　お前にはまだやることがあるだろう！　女は死体遺

棄を自供した。お前が女を署まで同行しろ」

慎は大きな声で「ハイ」と返事をして、パトカーに被疑者である被害幼児の母親を乗せ、本署へ向かった。

被害幼児の母親と内縁関係にあった無職、暴力団組員の男が、幼児が邪魔になり、暴行の末、首を絞めて殺害。殺人死体遺棄事件の結末はこうだった。

第七話　救えなかった二つの命

その日も暑かった。

八月の茹《う》だるような暑さは、人の思考までも奪うようだった。

今日は第一当番。

つまり朝八時半から夕方五時半くらいの昼間の勤務だ。

そのころの警ら（今でいう地域課）の勤務は四交代制となっており、四つの係が一当（昼間）、二当（午後から翌朝）、非番（二当明けから翌朝）、日勤（昼間の巡回連絡や交通配置）、日勤の日が月に三回ほど週休になるというシステムだ。

しかし、警察の仕事は切れ目がなく、交代際に事件が発生したり、書類作成や事故の実況見分、逮捕手続き等々、時間通りに終われることは少なかった。

そんな第一当番の朝、慎は明け番の人と引き継ぎを終え、いつものようにパトカーを街へ走らせた。

　慎の所属している警察署は、警視庁でも中級クラスの署で、署員が約四〇〇名程度。多摩地区の北より、東西に走る国道と、私鉄駅を四駅、ＪＲ駅を二つ持つ環境で、多摩地区ではそこそこに忙しい警察署だった。

　今日も国道から流す。日曜日ということもあり、車の量も少なく、順調に流れていた。

　そんな穏やかな日曜日の朝。今日は平和な一日、早く帰れる予感がするような日だった。

　ところが午前九時半ころ、一一〇番入電。指令が流れる。

「警視庁から各局、北多摩管内、ひき逃げ事案。国道の横断禁止場所を横断中の老人が通行中のトラックにはねられ重体。老人をはねた車両はそのまま国道を都心方向へ逃走」

　慎は直ちにパトカーを現場へ向けた。

現場は近かった。緊急走行で五分程度で到着できた。

「北多摩2現場」

着連絡を入れる。

現場は騒然としていたが、救急車はまだ来ていない。

慎はパトカーを使って車線を制限し、安全確保と現場保存を同乗の後輩に指示し、自分は路肩に横たわる老人のもとに駆け寄った。

昼間ということもあって、目撃者も多そうだったが、横たわっている老人が心配だった。野次馬をかき分けて老人の横にしゃがむ。

外傷は頭から少量の出血がある程度、手足に軽い擦過傷が認められた。

「お爺ちゃん！　わかりますか？　大丈夫ですか？」

老人はピクリとも動かない。呼びかけにも反応がない。

慎は老人の口元に耳を寄せ、呼吸を確認すると、呼吸は完全に停止している。

今度は胸に耳を当てるが、心音はない。

「死亡状態か？」

慎は相棒の後輩に無線で指示。

「悪いけど毛布持ってきてくれ」

ほどなく後輩が持って来た毛布を小さく丸めて老人の背中の下に入れ、老人の顎を上げて気道を確保し、両頬を指で押して口を開けさせ、異物を確認した。

慎はポケットからハンカチを取り出して老人の口に当てる。そのまま老人の鼻をつまんで大きく息を吸い込んで、その息を老人に送り込んだ。

反応なし。

今度は胸に掌を当て、強く五回。

「一、二、三、四、五」

声を出して数えながら胸を押す。慎は心肺蘇生を試みた。

以前にも勤務中に行ったことがあったが、はっきり言って自信があるわけじゃなかった。ただ、「このままじゃ死んでしまう。なんとかしなきゃ。死なないでくれ！」そんな思いだけが慎を動かしていた。

そこへ救急車が到着。

「代わります」

そう言って横に来た救急隊員にバトンを渡した。

慎は近くにいた人に呼びかける。

「事故を見た人はおられますか？」

すると、中年の男性が手を挙げて歩み寄る。

「俺、ちょうどそこのファミレスで飯食い終わって出てきたら、おじいさんがふらふらってしながら国道の向こう側から渡ってきて、そこの交差点を曲がって来たトラックにはねられたんだよ」

慎はトラックの特徴を聞く。

「トラックはどんなやつ？」

するると目撃者は、

「ほら、よくある宅急便のだよ。横に猿の絵があったかな?」

慎は「猿の絵」でピンときた。

事故現場より一キロほど都心方向に進み、左に二〇〇メートルほど入ったところにある運送会社のトラックだ。

慎はパトカーに戻り、機関系無線を握る。

「先ほどのひき逃げ事故、被害者の老人男性においては心肺停止状態、現在救急隊により搬送先検討中。なお、老人をはねた容疑車両にあっては宅急便トラック。アルミ荷台に猿の絵あり。管内のモンキー運送のものと思料される。これより該運送会社へ向かい、調査実施」

応援に来た交番勤務員と、別のパトカーに現場を引き継ぎ、慎のパトカーは急いで運送会社へ向かった。

運送会社の事務室に行き、トラックの業務記録について調べるように後輩に指示、自分はそこにあるトラックを一台ずつよく見て、不審な衝突の痕跡がある車を探した。

そこには十六台のトラックがあったが、端から見ていき、全部見たが、特に不審な車はなかった。

事務所にいる後輩のところへ向かうその時、道路の反対側のコンビニの駐車場に同じ会社のトラックが止まっているのを見つけた。

慎は急いでそのトラックを見に行く。プロのドライバーにしてはずいぶんと曲がった止め方。急いで止めたように思えた。

車の前部から見た。

すると左のミラーのアームが激しく曲がっており、ドアにも何かをこすったような痕があった。

「こいつだ！」

慎はコンビニに入り、大声でトラックの運転手を呼び出す。トイレも見たが、いない。

急いで運送会社に戻り、コンビニの駐車場に止めたトラックの運転手の名前を割り出し、放送で呼び出すが、誰も来ない。

そこへ無線が入る。

「先ほどのひき逃げ事件の被害者は搬送先の病院で死亡を確認」

「くっそ！　ダメだった」

慎はつぶやきながら悔しさと怒りを抑えた。

気を取り直して、慎と相棒は会社中を探した。

まだこの時は、ただ老人をひき殺して逃げた犯人を憎む気持ちでいっぱいで、これから慎に降りかかる惨状を知る由もなかった。

どこにもいない。

会社の建物の裏に灯油などを置いておく倉庫があった。まだ見ていないのはここだけだ。

慎は扉を開け、中に入った。

灯りは点いていた。誰か入っているようだった。

「誰かいますか?」

呼びかけながらさらに中へ。すると反対側の壁に人影。

「吉田さん?」

さらに近づいたその時、慎は思わずのけぞった。

壁にはスコップや工具をかけるフックがいくつかあり、その一つに荷造りひもを輪にしてかけて首を吊った、吉田運転手の姿があった。

慎は急いで吉田さんを抱きかかえるようにしてフックからひもを外し、吉田さんを床に寝かせた。

「吉田さん! 吉田さん!」

慎は必死で呼びかけて頬を叩く。

まったく反応がない。頬に触れたが血の気もなく、もう冷たくなっていた。

慎は急いで本署へ連絡。

運転手の遺体の傍には発送伝票が落ちており、裏面にこう書いてあった。

「すいません　もうダメです　お金も返せません　ごめんなさい」

慎はそれを見て愕然とする。駆け付けた相棒もしばらく固まったまま動けない。

「この人は助けてやれたよ」

慎は相棒にぽつんと言った。

灯油の臭いの薄暗い倉庫に横たわる運転手の亡骸の首には、くっきりとひもが食い込んだ痕があった。

悩んだ果てに誰にも告げずに自ら命を絶った。

運転手の心情を思うと、やりきれない悔しさがこみ上げた。

突然降りだした夏の雨が倉庫の屋根を打って激しい音を立て始める。慎はただ掌を合わせて無力な自分を責めた。

第八話　盗む女

とある第一当番の午後、慎たちは昼食を本署の食堂で終え、パトカーに乗って、いつものように午後の警らに出た。

本署を出て国道を都心方向に向けて流し始めたその時だった。

一一〇番指令。

「北多摩署管内万引き犯確保、アオキスーパー、向かえる移動ありますか？」

「北多摩2は現場へ向かいます」

慎は特に珍しくもない万引き犯のお迎えにと、管内でもそれほど大きくはないスーパーマーケットに車を向けた。

現場に着くと、いつもの通用口から事務所へ向かう。

このスーパーは以前から万引き事案が多く、慎たちもここへ万引き犯を迎えに来るのは、十回は軽く超えるくらいだった。

事務所ではいつものように店長が迎えてくれた。

「ご苦労様です。この人なんですが、この前もシャンプーを持って帰ろうとしたところを捕まえて、その時はお金を払ってもらって、厳重注意でお帰りいただいたんですが、今度は雑貨やら惣菜やらお菓子やら数点です。店としても厳重な対処をしたいと思いまして」

厳しい言葉の店長の前には、うなだれて力を失くした中年の女がパイプ椅子に肩を小さくすぼめて座っていた。

慎はその女にゆっくりと話し始めた。

「どうしたの、初めてじゃないんだって？　お金は持ってるんでしょ？　なんでお店の売り物を黙って盗っちゃうのかな？」

慎は相棒に被害届を店長からもらうように指示して、この万引き女とじっくり向き合った。

「今回は被害額も多いし、一緒に警察まで来てもらうことになるね」

慎がそう言うと女は慌てたように、「このことは主人に話すんですか？　そんなことになっちゃったら私……」と言う。

女は困り果て、焦ったように慎に懇願する。

「もうしませんし、お金はきちんと払いますから、主人に言うのだけは許してください」

慎はそんな女の焦りを鎮めるように静かに話しだした。

「奥さんね、この前の時もそう言って許してもらってんじゃないの。お金を持ってるのにお店の物を盗るっていうのはね、一種の病気だと思うよ。例えばお腹痛くなったり、頭痛くなったりしたらご主人に相談したり、病院に連れて行ってもらったりするでしょ。旦那さんとはもう長いんでしょう。きっとわかってくれると思うよ。病気はね、元から治さなきゃだめだよ。ここはご主人に本当のことを話してさ、夫婦で一緒に考えたらどうだろうか？」

すると女はこう切り返す。

「主人はね、それはおとなしくて真面目なサラリーマンなんです。私が万引き犯だなんて知ったらきっとすごいショックを受けるに決まってます。万引き犯の女房なんて許してくれません」

慎はそんな女の苛立つような態度にも負けず、静かにこう言った。

「ご主人を信じてあげなきゃ。あなたはあなたのことを信頼しているご主人のことを裏切るようなことをしたんですよ。だからこそ、怒られても、怒鳴られても謝るんですよ。そしてご主人を信じてください。そこに嘘がなければ、きっとご主人はあなたを見捨てたりしないと思いますよ」

慎はそう言って女を優しく諭し、とりあえず警察署へ行きましょうと、女を立たせて優しく背中に手を当てながらパトカーへと連れて行った。

パトカーの後部座席に女を座らせ、慎は女の隣に座った。相棒に運転を任せ、本署へと向かう。

パトカーに乗せられて女は自分のやらかしたことの重さを知ったのか、急に泣きだした。

慎は女に話しかける。

「奥さんね、奥さんのしたことは窃盗罪という立派な犯罪行為なんです。大人は自分の犯した罪は償わなきゃいけないんです。だからね、今はいっぱい泣いて、自分のしたことを悔いてください。それでね、この涙を絶対に忘れないでね。ご主人のためにも、そして何より自分のためにね」

女はそんな慎の言葉にうなずいて、小さな声で何度も詫びた。

やがてパトカーは本署に着き、女を取り調べ室に連れて行って座らせた。

幸いなことに、スーパーの店長は被害届を取り下げ、女の夫が代金を支払うことで示談となったが、ここで女を一人で帰らせることはできず、夫に身柄の引き受けの連絡をした。

三〇分ほどで夫が迎えに来た。

夫は万引きをしてしまった妻を見るなり、なんと急に泣きだしてしまった。

「どうした、どうしたんだ、お前。なんか困ったのか、なんか辛いことがあったの？」泣きながら夫は続けて言った。

すると夫は、すぐ傍で見ていた慎にこう言って謝った。

「お巡りさん。私はこいつのこと何もわかってなかったんです。私が悪いんです。どうか妻を許してやってください。私がちゃんと見ますから。もうさせませんから」

夫は泣きながら妻のために謝り続けた。そんな夫の姿を見て、慎は女にこう言った。

「だから言ったじゃない。いい旦那さんでよかったね。幸せだね。だから頑張ってね」

そして慎は夫にこう頼んだ。

「今回は厳重注意ということで奥さんをお返しします。どうか奥さんと一緒にこの病気と闘ってください。お願いします」

夫婦は二人寄り添って署の玄関を出た。

慎は夫の愛情の深さに心動かされ、胸が熱くなった。そして二度とあの女を迎えに行くことがないようにと心から祈った。

第九話　やるせない逮捕

街もざわついてきた年末の第二当番。夕陽がきれいな日だった。

この日はスーパーでの万引き犯人の搬送が二件も続いた。二人とも金を持っていないわけじゃない。そのスリルがたまらないのか、やめられないらしい。

二人とも前にも見たことのある顔だった。

夕食を本署の食堂で済ませると、

「さあ、もういっちょいきますか！」

という相棒の声に尻を叩かれ、パトカーのハンドルを握った。

深夜二時を回ったころ、慎のパトカーは大きな団地の中をパトロールしていた。ゆっくりとパトカーを走らせ、路地や物陰にまで目を配る。

深夜ということもあり、人影はない。

慎はパトカーを団地から出し、少し広い通りを河原の方へ走らせた。

一〇〇メートルくらい走ると反対側から来た車が一旦すれ違ったあと、Uターンしてパトカーの真後ろに接近してライトを激しくパッシングしてきた。慎はその異様な行動に、車を路肩に止めた。

すると運転していた男性が走ってきて窓を叩く。

慎は窓を開け、慌てた様子の男性に話しかけようとすると、男性の方から慌てて話しだした。

「この先の二つ目を右に曲がった路地で自動販売機を壊してるやつがいます」

慎は男性の話を聞くや否や、

「ありがとうございます」

と礼を言って、すぐにパトカーを向ける。

赤色灯は点けず、ライトも落として路地へ入る。

すると道路の端に原付バイクを止めて、男が自動販売機のところにいるのが見える。まだ気付かれていない。

慎はゆっくりとパトカーを前に出す。

男との距離が三〇メートルくらいまで来た時、ライトを点けて、マイクで男を制止。

「何してんの？　そのまま動くな！」

すると男は突然、自動販売機に挟んでいたバールのようなものをパトカーに投げてきた。

ボンネットに重い衝撃。一瞬怯んだすきに男はバイクに乗って逃走。

慎はすぐバイクを追う。すぐに追いつき停止命令。

「止まれ、止まれ。もう逃げられないぞ。危ないから止まりなさい」

バイクは制止を振り切ってさらに逃走。

相棒が無線で手配。

「至急至急、北多摩2から警視庁。現在、自動販売機荒らしの現行犯を追尾中。

原付バイク。ナンバーは○○」
同じようなところをぐるぐる回って、高速下へ曲がろうとした時、バイクは転倒。
慎は車を止め、急いで降りて、犯人に近づく。辺りには小銭が散乱していた。
上着の首元をつかんで、
「もう逃げられないからあきらめろ」
すると犯人は激しく抵抗して、慎の手を振り切って駆け足で逃走。
慎はすぐに後を追う。
一つ目の路地を右に曲がると、そこは袋小路。そこへ相棒が走って追いつく。
慎の横を追い越して犯人に近づいた瞬間、犯人の手に光るものを発見。
「危ない！」
慎が叫ぶより早く、犯人はカッターナイフを相棒に振りかざす。
慎は警棒を抜いて応戦するが、相棒は犯人の一撃で既に腕から出血。

「この野郎」

慎は犯人の肘のあたりめがけて警棒を振り下ろした。

見事命中。その衝撃で犯人は持っていたオレンジ色のカッターナイフを落とした。

一気に距離を詰め、警棒が当たった肘に関節技をかけ、そのまま一本背負いで投げ飛ばし、手を放さず十字固め。

見事に決まった。

背中に手を回し、手錠を取り出す。固めた腕にガシャンとかけた。

そこへ応援のパトカーが追いつく。慎は応援の仲間に犯人を任せ、相棒に駆け寄る。

「おい！　大丈夫か、お前！」

慎が叫ぶように聞くと、

「痛いっす。すいません。腕が痺れて動きません。血がすごい出てます」

慎はそれを聞いて、応援の仲間に救急車を頼んだ。

相棒の腕を見る。制服の上から切られていた。

慎は相棒の袖を引き上げると、血が噴き出している。

慎は警察官が携帯している捕縄というひもを取り出し、相棒の肩のすぐ下の腕をきつく縛って止血した。

ほどなく救急車が着いた。慎は救急車に相棒を乗せ、パトカーで病院へついて行こうとしたが、応援の仲間に、

「逮捕者は本署行かないとまずいよ。俺が病院行く。連絡するから」

慎は応援の仲間の言葉に、既に別のパトカーに乗せられた犯人のもとに駆け寄った。

慎は大切な相棒に大けがをさせた犯人の顔をよく見てやろうと、後部座席の窓から犯人を見た。

すると逆に、なぜか犯人が慎の顔をじっくりと見ている。しばらく見合って慎

は愕然とした。

その犯人は慎の高校時代の同級生だった。なんて皮肉な廻り合わせなんだろう。そしてやつはなんと、慎の顔を見て薄笑いを浮かべている。

一瞬にして慎の頭に血が上った。慎は窓を叩いて怒鳴った。

「何やってんだ、この野郎！　なんでなんだよ、なんでお前なんだよ。なに笑ってんだよ。ふざけんなよ、馬鹿野郎！」

怒りと悔しさとやるせなさと残念さとがまじりあって、慎は窓を叩きながら泣き叫んでいた。

やつは、慎を見て薄笑いをやめない。

窃盗・道路交通法違反・公務執行妨害・傷害の罪で緊急逮捕。皮肉にも慎は凶悪事件の犯人を検挙した功績を讃えられ、表彰を受けた。

第十話　忘れられないあの子の笑顔

今日は日勤で車両整備の日だ。

いつもお世話になっている車をピカピカに磨き、オイル交換をする。慎は制服ではなく、ブルーのつなぎに身を包み、すっかり整備士気どり。

署の中庭で車にワックスをかけ終えた慎は、出来栄えの点検をしていた。

すると後ろから、

「カッコイイね」と子供の声。

振り向くと、そこには四、五歳の男の子がいた。

「パトカー好き？」

慎が子供に話しかける。

「うん大好き。僕ね、大きくなったらお巡りさんになって、そして、パトカーの運転手さんになるんだ」

慎はそれを聞いて、自分の少年時代を思い出した。慎は大サービスして、赤色灯を点けてみたりした。

「乗りたいな〜」

幼児が甘えるように慎に言う。

「ごめん。それはできないんだ。でもね、お巡りさんになったら乗れるよ」

そこへ母親が来た。

「すいません。お邪魔しちゃって」

「好きなんですね、パトカー。こんなに喜んでくれたらうれしいです。僕らの仕事って大人の人には理解してもらえなかったりするんで、せめてちっちゃい子には好きでいて欲しいんです」

慎はなんだか気が緩んだのか、思わず本音を漏らしてしまった。

とにかくその子の喜びようはすごく、目を輝かせて慎の話を聞いたり。うっとりするようにパトカーを見ていた。

慎はそんな幼児のために何かプレゼントをしたいと思い、親子を待たせてロッカーに置いてあった、自分の乗っているパトカーと同型のスカイラインパトカーのミニカーを持ってきて幼児に渡した。

ミニカーの天井には「北多摩２」と慎が自分でペイントしていた。幼児は飛び上がって喜んだ。

「君はお名前なんていうの？」

慎が尋ねると幼児は元気よく答えた。

「僕ね、ジュン」

「そうか。それじゃあジュン君はイイ子でママの言うこと聞いてたら、きっとパトカーの運転手さんになれるよ。また会おうね」

手を振って別れた。

母親は何度も何度も頭を下げていた。

それから十日ほど経った泊まり勤務の日の夜のこと。夕方六時を回ってすぐだった。

一一〇番指令が入る。

「警視庁から各局、北多摩管内調査方。五歳の幼児が家の前で遊んでいたが、母親が目を離したわずかな間にいなくなり、付近を捜したが見当たらない。いなくなって既に一時間以上が経過しており心配になったとのこと。母親に接触調査願いたい。なお、いなくなった幼児中西純君、五歳、身長一〇〇センチくらい、やせ型、青色トレーナー上衣胸に象さんの絵柄、紺色のジーパン、髪おかっぱ。北多摩の全PM、全移動にあっては該幼児の捜索発見に努められたい。以上警視庁」

慎が答える。

「北多摩2は現場母親に接触調査に当たる」

慎は「もしかしたらあの子？」と思いながら、母親のもとへ急いだ。

現場に到着。

慎は母親の待つ家のチャイムを押した。予感は的中してしまった。

家から出てきたのはあのパトカー大好きなジュン君の母親だった。

「ご苦労様です。あっ。先日はどうもありがとうございました」

ジュン君の母親はすぐに慎に気付いた。

「純君、いなくなっちゃったんですか？」

慎がそう問いかけると抑えていたものを吐き出すように、不安げに、今にも泣きだしそうな顔で母親が話しだす。

「四時半ころ、この家の前で純は道路にお絵描きして遊んでたんです。その時は、私はちゃんと純を見てたんですよ。ところが電話がかかってきて、私、家に入りました。友達からの電話でついつい長くなってしまい……。それでも一〇分はかかっていないと思うんです。家の前に出てきたら純がいないんです。近所のお友達の家かと思って心当たりは全部聞いて回りましたが、どこにもいませんでした。近所の公園も捜したんですが、いませんでした」

純君の家の周りは住宅街で、びっしりと家が密集しているようなところだった。しかも五歳の子が短い時間で、そんなに遠くへ一人で行くことは考えにくい。最近、近隣署の管内で、幼児や小学生の連れ去り未遂事件が多発していた最中のこと。慎はどうしてもそれとの関連性を拭いきれなかった。

慎は母親から聴取したことを本部と本署に報告した。署内でも慎と同じ懸念を抱き、すぐに捜索網をしいた。

一時間、二時間、三時間。

純君が見つからないまま、時間だけがあっという間に過ぎた。

署内凶行犯捜査係長は連れ去り、誘拐の線が濃厚と判断。捜査員を幼児、少年性癖の前歴者に向けた。

慎たち制服警ら員は引き続き、事故の線も考え、管内危険個所の捜索、不審車両への職質、夜間検問を徹底し、本部は北多摩署中心の一〇キロ圏配備を敷いた。

もし犯人の目的が身代金目的だとしたら、もう自宅に連絡が入っているはず。そうでなく、連れ去り、性的いたずら目的だったとしたら、事態は時間の問題だと捜査係は判断した。

事故の線で考えたとしても、幼児が自宅から一〇分くらいで行けるところに取り立てて危険な場所はない。

その夜の捜索は引き続き行われたが、依然として手掛かりは皆無だった。

そんな中、純君の自宅から四キロほど離れた近隣署との管轄境付近を流していた慎のパトカーが不審な車と遭遇する。

片側一車線の対向車線を走って来た軽ワゴン車がパトカーを見るなり、いきなりノーウィンカーで左折したのだ。

「行ってみるか！」

慎は直ちに不審車両を追尾。気付かれないように慌てず後ろに着いた。

相棒がマイクで停止を呼びかける。

「軽ワゴンの運転手さん。すいません。ちょっと止まってください」

不審車両は呼びかけに反応して速度を緩めて道路脇に停車した。

相棒がパトカーを降りようとドアを開けたその時、不審車両は再び速度を上げ逃走。

慎は相棒を戻し、直ちに追尾。

一〇〇メートルほど追うと、遮断機の下りた踏切。

不審車両はあきらめて停止。慎はすぐにパトカーを降り、不審車両の運転席のドアを無理やり開けた。

運転していた若い男は激しく抵抗するが、慎はなんとかエンジンキーを抜いて車を止めた。相棒は助手席から車内に侵入。挟み撃ちで男を押さえた。

「なんで逃げた？」

慎は男を一喝する。

「すいません」

男は急におとなしくなり、一言謝った。

慎たちにはこの時はまだ、「すいません」と男が言った本当の意味は知る由もなかった。

車を安全な場所に移動して、慎たちは男の立会いで任意の車内検索と身体捜検を行う。相棒が男の身体捜検を行うと、ズボンのポケットからカッターナイフが出てきた。

「これは何に使うの?」

慎が尋ねると、

「持っているとなにかと便利」などと、要領を得ない言葉が返ってきた。

慎は直ちに応援のパトカーを要請。たまたま近くにいた本部の車が来てくれた。

男を一人が見張りながら、三人で車内を検索した。

運転席と助手席。コンソールやダッシュボックスからは特に不審物は発見できなかった。

　後部座席に取りかかった時、男が反応した。それまで黙って検索に応じていた男が突然声を荒らげて、

「何もないよ。何だって言うんだよ。なんの権利があるんだよ」

　抵抗を試みる男。慎は決め手を切った。

「あなたを刃物所持で逮捕します。この車はあなたのもので、逮捕時にあなたが乗っていた車なので、現行犯逮捕による捜索差押えを執行します。これは任意ではなく正当な強制執行です」

　慎はその場で逮捕事由と時間を告げ、相棒に手錠をかけさせた。

　その後、男をパトカーに乗せ、車両検索を続けた。

　後部座席には白い荷造りひもとガムテープがあった。

　さらにその後ろの荷物スペースに雑に置いてあったブルーシートをどかしてみると、慎には見覚えがある「アレ」が見つかった。

スカイラインパトカーのミニカーである。

「ここで見つけたくはなかった」

そのミニカーには特徴があり、天井に「北多摩2」とマジックで書いてあった。まさに慎の乗っているパトカーで、慎があの純君にプレゼントしたものだった。

慎は抑えきれない感情を爆発させた。

いきなりパトカーの男のところへ行き、怒鳴った。

「おい！　子供どうした？　小さい男の子だよ！　何聞いてんのか、わかるよな！　子供はどうしたんだよ！」

男は慎の勢いに負けるように、頭をもたげて答えた。

「河原に捨てた。騒いだから、うるさいから口塞いだら死んじゃったみたいだから……」

慎はそれを聞いて男に襲いかかる。相棒と本部のパトカー乗務員が必死で止める。

男を本署へ連行。殺人死体遺棄で再逮捕。

慎が純君にプレゼントしたミニカーは証拠品として押収された。


夜明けとともに犯人を立ち会わせ、純君の遺体を遺棄した場所を検索。茂みの中から純君を発見。

署に搬送して検視が行われる。かわいい象さんの絵の付いたトレーナーを着ていた。顔にはかきむしったような抵抗の跡が生々しく残っていた。

鑑識係は純君の爪の間の残留物から、慎がプレゼントしたミニカーの白と黒の塗装を発見した。状況から見て、最期までミニカーを握り締めていたのだという。

慎はパトカーで母親を迎えに行く。母親は狂ったように叫んでこう言う。

「お巡りさん、佐々木さん、純はどこにいるの？　佐々木さんにもらったアレをいつも持ってたの。大事に、大事に、お守りみたいに。だからきっと見つかるでしょう？　ね。そうでしょう」

受け入れたくない。受け入れられない息子の突然の死。

夫に事故で先だたれた母子家庭。母一人子一人。

小さな小さな、けれど本当に大切な幸せだった。

泣きそうになるがグッと堪える。あまりに残酷で、慎は事実を母親に告げられない。

ただパトカーの後部座席に乗せて、こう言うしかなかった。

「純君に会いに行きましょうか。見つかったみたいだから」

すると母親は不幸にも初めて乗ったパトカーの座席を撫でながらポツリ。

「純。いいね。パトカー乗ったね。カッコイイね～」

まるでそこに純君がいるかのように呟いた。慎は目をそむける。

そして少し離れたところまで走っていき、声を上げて泣いた。

「こんなに残酷なことってあるかよ！　子供が生まれた翌月に夫を交通事故で奪われ、その事故が忘れられなくて、別の町に逃げるように引っ越してきて、五歳まで一人で育てた最愛の息子を身勝手な犯罪者に奪われる」

慎は母親に起こった事態の無惨さと、あの時の純君の本当にうれしそうな笑顔、そして最期まで自分があげたミニチュアのパトカーを握って亡くなっていった純君の無念。それを思うと情けなくて、やるせなくて、悔しくてどうしようもない。

慎は自分を責める。

「俺は純君に嘘をついた。ママの言うこと聞いていい子にしてたらきっとパトカーの運転手さんになれるよって言ったのに、あの子はパトカーに乗れずに、大人になれずに死んじまった」

慎は運転を相棒に任せて母親を本署へ連れて行く。

本署に着くと母親は無言の息子と対面。まるで生きている息子に話しかけるようにいつまでもいつまでも話している。

捜査係は純君の司法解剖を決定。

母親はとても話が聞けるような状況ではなかったが、なんとか説明を終えた。

　すると慎は捜査係長にあることを願い出る。

「係長、無理なお願いをします。純君をパトカーに乗せてやりたいんです。私は純君と約束したんです。イイ子にしてたらきっとパトカーの運転手さんになれるって。少しだけでいいんです」

　係長は目を真っ赤にして言った。

「わかったよ、佐々木。パトカーを霊安室の横につけろ。少しだけだぞ」

　慎は係長に礼を言って、急いでパトカーを回した。

　冷たく固くなった純君を抱きかかえるようにしてパトカーの運転席に乗せた。

　慎は自分の帽子を取って純君にかぶせた。

「ほら、純君。パトカーの運転手さんになれたね……」

　その時、慎には純君が少し笑みを浮かべたように思えた。

　そう思いたかった。

　母親はどうしても息子の死を受け止められず病んでしまった。純君の葬儀を済ませると、岡山の実家の両親に引き取られていった。

《仏道・禅道との出会い》

人はなぜ罪を犯すのだろう。
己の欲のために人の命までも奪う。
突然に訪れる最愛の人の死。
どうしても逃れられない苦しみから人はどうしたら救われるのだろう。
繰り返される人の世の無常。
そんな俗世を離れ、慈恵は今、静寂の中にいた。
苦しみは己の執着が創り出す地獄。
執着を離れ、そこにいるありのままの自分と向き合うということの安らかな世界。
そう、慎は逃げてきたのではない。

人が人らしく生かし、生かされる本来の幸福を探しにきたのかもしれない。

梅檀香の香りは鼻から体に入り、脳ではないもっともっと温かなところでの思考を促すように優しくゆらゆらと昇ってゆく。

生物学的な見地を超え、「こころ」というものの存在だけが露出される。

慎は両手で頬を挟むように叩き、きれいに剃り上げたばかりの頭のてっぺんを「ペン」と叩くと、深い深い緑の森のそこここから「ニイニイ」と蝉が鳴き始め、新たな世界へと彼を導いてゆく。

道元禅師いわく、

「只管打坐《しかんたざ》」

坐って坐って坐りぬく。

禅の中にはまたそこに禅しかなく、ましてやそこに答えがあるわけでもない。

それ自体がそれであることとすら考えず、ただただ坐ることをやめない。

目だけは真っすぐに前を見ている。

ただそれだけでいい。

両手で結んだ法界定印の中の己の中の仏が透き通るように光を放っていた。

そう、仏は己の中に存在する。

己の心の持ちようで安らかな浄土にも、恐ろしい地獄にもなる。

世の人々が皆、いや一人でも多くそのことに気付くことが、心の幸福を得るということが、平和で温かな世の中を創ることにつながるに違いないと慈恵は考えた。

その昔、道元禅師は皆にこう言った。

「汝の中に必ずや仏はおります」

慈恵もまた、己の中の仏と出会う旅に出た。

「眼横鼻直《がんのうびちょく》」

目は横に付き、鼻は縦に付いている。

そう、当たり前を当たり前に受け止め、拘りを捨てることから仏探しの旅は始まる。

それは終わることのない長い長い旅となろう。

しかしその旅路こそが、あるいは仏そのものなのかもしれない。

《新たなる旅路……この世に花を植える旅》

それから五年、春覚慈恵はある思いに動かされていた。

仏教が己を拓く旅であることは承知した。

しかし、より多くの人々にそのことを広めるためには自分はどうしたらいいのか？

山の中でただ一人黙々と修行を続けても、世にこの教えを広めることができるのだろうか？

慈恵が辿り着いたのは、山を下り、俗世に交わり、人々の生活の中にわかりやすく染み込んでゆくこと。それこそが世直しなのではないだろうか？

慈恵はそう信じ、山門を後にし、五年前に上って来た長い長い階段を下りていった。

そして俗人佐々木慎に戻り、子供のころから修行してきた武道を通じて世の中を浄化するという命題に取りかかった。

慎は「武道」と「禅」の共通性に着目した。

「武道空手道」も「禅」も「無心無我」の追求であることに気付き、「禅空」と名付けた小さな道場を開く。

そこには幾多の老若男女が集い、多くの人々が慎の教えの通り修行した。

それから数十年が経ち、慎が目指した「禅空」の世界を、師から弟子へ、そしてそのまた先へと広げ、今も生き続けている。

慎は生涯一人の実子しか授からなかったが、その「心の遺伝子」は何十何百、そして何千何万とつながっていくことだろう。

曲がることなく、よどむことなく、清らかな水のように、人の世を浸してゆく。

終わりなき旅のように。

「生涯黒衣をもって道とする」

僧侶はその位を上げると衣に彩を成す。武道空手道の師もその段位を黒帯に金筋をその数だけ入れることを習わしとしている。

しかし、慎の黒帯には、長い空手道修行で六段位にありながら、一本の金筋もない。

「生涯黒衣」

初めの志を貫くという想いを慎は忘れずに、今日も人の世に花を植え続ける。

その花は慎のように強い心を持ちながら、ただされげなく、決して強く香らず、どのような環境の地をも選ばず、健気に咲く黄色い蒲公英《たんぽぽ》に違いない。

強く優しい心を育む道が真っすぐに伸びている。

どこまでも、どこまでも。

完

あとがき

この物語はフィクションであり、登場する人物、組織、地名等はすべて架空のものです。昭和に生まれ、平成を生き、何度も打ちのめされながらも生き抜いて来た私の感性だけで書き上げた誠に拙い作品でありますが、時には怒り、時には悔しみ、また時には泣きながら書きぬいたこの物語が、読んでいただいた方々のお心に、温かで、健気で、優しい蒲公英を咲かせていただくことを著者小生は願ってやまない所であります。

またいつかお会いできることを楽しみに、筆を擱《お》きます。

また、私を支えてくださったすべての皆様、そして、亡き父母に、感謝と愛を込めてこの本を贈ります。

著者プロフィール

禅修（ぜん しゅう）

1962年生まれ58歳
東京都新宿区出身
学　歴：駒澤大学経営学部卒業
職　歴：大学を卒業後警視庁警察官、一身上の都合により、20代終わりに退職。

その後、印刷業界で、制作、営業等の職歴を積む。

40歳を過ぎ、自ら広告会社を立ち上げるが、50歳で脳に重病を発症し倒産、廃業。

しばらくの間、生活保護での生活を経験。

厳しいリハビリを経て、社会復帰し、魚屋店員、交通量調査員、アマゾン配送運転手～ルート配送等の運転手などの仕事を転々とし、現在に至る。

私生活：二度の結婚、離婚を経験し一女をもうけ、現在も独身で娘と同居。

17歳でプロのキックボクサーを経験。生活のための仕事をする傍ら、幼い頃から続けて来た空手修行を続け、警察退職後は空手の世界に戻り、35歳で自ら運営する道場をはじめ、現在も細々ながら指導を続けている。

禅とは高校時代に担任の先生の勧めで出合い、道元の世界観に影響を受け、深く学ぶ。

執筆歴：十代の頃から、ポエムやエッセイ、歌詞等を手がけ、広告業を営んでいたころには、ライターとして活躍して地元のタウン誌の取材～編集も手がけるが、本を出すのは今回が初めてで、大変喜んでいます。

絵を描くように、写真を撮るように文字を打つのが好き。

読者の方には、映画やドラマを観る様に楽しんでいただきたい。

慎と慈恵　人の世に植える花。

2021年９月15日　初版第１刷発行

著　者　禅修
発行者　瓜谷 綱延
発行所　株式会社文芸社
〒160-0022　東京都新宿区新宿１－10－１
電話　03-5369-3060（代表）
03-5369-2299（販売）

印刷所　株式会社フクイン

ISBN978-4-286-22875-4